La souris, le cheval et le Dauphin

Mêlant fiction et faits réels, la collection « Drôles d’histoires au château de Versailles » met en scène les lieux, les personnages et les événements emblématiques du domaine de Versailles. Des espaces les plus célèbres aux coulisses du château, les aventures extraordinaires de ses héros sont autant d’invitations à la découverte.

Ce premier album de la collection est adapté de la visite contée *Le majestueux carrousel du Grand Dauphin*, créée sur une idée du secteur éducatif du château de Versailles par « Les Petits Chats vont au musée ».

La souris, le cheval et le Dauphin

Autrice : Tsolinée Vacher
Illustratrice : Lola Pagnotta

Drôles d'histoires au château de Versailles

CHÂTEAU DE VERSAILLES

Faton Jeunesse

Bonjour,

Je suis **Cannelle**, une petite souris pas tout à fait comme les autres. Es-tu prêt(e) à me suivre dans de folles aventures ? Mais avant, faisons les présentations. J'ai la chance de loger à Versailles dans un magnifique palais construit par Louis XIV. C'est un château gigantesque où vit le roi entouré de sa famille, dont son fils aîné le Grand Dauphin, et de milliers de personnes. Sans compter mes nombreux cousins et cousines. Mais chut, ça c'est un secret…

Pour espérer apercevoir une de mes moustaches, il faut aller tout près des écuries. C'est mon endroit préféré, car j'adore les chevaux. Ceux du roi proviennent d'Angleterre, d'Italie, d'Espagne, d'Afrique... Et quand je les observe de loin (car ils sont très peureux), ça me donne l'impression de voyager. Ah, j'allais oublier, tu te demandes peut-être d'où vient mon prénom ? C'est un clin d'œil à Louis XIV. C'est un roi très gourmand et il a l'habitude de sucer des pastilles à la cannelle pour soulager son estomac, hi, hi !
À présent, installe-toi confortablement et écoute cette jolie histoire...

Le jour se lève sur le domaine de Versailles. Tout est calme. Les premiers rayons du soleil pénètrent dans les écuries. Comme tous les matins, avant de rentrer dans son nid, Cannelle passe sous le portail de la Grande Écurie et va chercher de la paille pour jouer avec ses cousins et cousines. C’est une mission périlleuse, car les souris ne sont pas les bienvenues, mais c’est aussi son moment préféré, car elle en profite pour admirer les nombreux chevaux qui dorment encore.

Mais assez rêvassé… l’heure tourne !
Dans la longue allée, quelques chevaux
viennent déjà de sortir de leur box.
C’est l’heure de la toilette et du petit déjeuner !
Les chevaux sont peignés, brossés, nourris
et ont même droit à un massage du dos.

Cannelle court à l’arrière du bâtiment et aperçoit
les bottes de paille qui servent à confectionner
un nid douillet pour les chevaux. Elle saute dessus
et fait ses réserves : un brin, deux brins…
et trois brins !

Mission accomplie ! Il est temps pour la petite souris de rebrousser chemin. Pour ne pas se faire repérer, elle saute sur la mangeoire de Diamantil, un cheval à la belle crinière blanche, puis échappe de justesse au sabot de son voisin Parfait. Cannelle se faufile ensuite entre les souliers crottés des hommes qui vont et viennent en tenant des chevaux par la bride.

Avant de sortir, Cannelle aperçoit Monsieur le Grand, le chef de la Petite et de la Grande Écurie, en pleine conversation. C'est l'un des hommes les plus importants du royaume. Aujourd'hui, il semble tout excité. Cannelle s'approche et prête l'oreille…

« Par ordonnance du Roi va se tenir au mois de juin dans la Grande Écurie un carrousel. Cet éblouissant spectacle équestre réunira plusieurs dizaines de cavaliers et de nombreux figurants et musiciens. Le Grand Dauphin est chargé de l'organiser et participera lui-même aux festivités. Tout doit être parfait pour cette somptueuse fête ! Je compte sur vous. »

Tic-tac tic-tac… le temps file. Cannelle retourne vite se cacher dans son nid, impatiente d'annoncer la nouvelle à ses cousins et cousines.

« Oui, vous avez bien entendu, le Grand Dauphin en personne ! Oh là là, ce spectacle ne sera pas n'importe quel spectacle ! Ce sera un grand, un immense, que dis-je, un gigantesque événement. »

Cannelle connaît bien le Grand Dauphin. Il vient souvent à l'écurie. Comme tout futur roi qui se respecte, c'est un excellent cavalier, intrépide et endurant. C'est aussi un jeune homme qui aime l'art, la musique, la danse. Exactement comme elle et ses cousines !

« Le Grand Dauphin prépare un carrousel !
Le Grand Dauphin prépare un carrousel ! »
La nouvelle se propage vite.

Dans les écuries, c'est l'effervescence.
Les palefreniers, les « nounous des chevaux »,
et les écuyers, ceux qui les dressent, savent
qu'il va falloir redoubler de vigilance afin que les
chevaux soient en pleine forme pour le grand jour.

Mais pour l'heure, la nuit tombe et petit à petit,
le silence enveloppe Versailles.

Tout à coup, un grand fracas vient briser le silence de la nuit. Un hennissement strident, puis un deuxième et un troisième, réveillent en sursaut Monsieur le Grand. Cela vient de la Grande Écurie. Il s'habille et s'empresse de descendre.

Quel vacarme ! Les chevaux se cabrent, les sabots frappent le sol, toutes les écuries vibrent. Après un long moment et grâce au sang-froid des palefreniers et des écuyers, réveillés eux aussi en sursaut, le calme revient. Mais qu'a-t-il bien pu se passer ?

La nuit suivante, un petit frémissement dans la paille survient. Alors que l'on croyait tout le monde endormi, la voix grave de Parfait résonne :

« Cannelle, je vous ai vus, tes cousins, tes cousines et toi, la nuit dernière. Vous avez sauté dans nos boxes, tiré nos queues et nos crinières ! »

« Oui, c'est vrai ! On voulait que vous nous remarquiez. On aimerait devenir vos amis, vivre en plein jour dans la Grande Écurie à vos côtés ! » s'exclame la petite souris.

« Humm... je vois... pour gagner notre confiance, pourquoi ne pas nous donner un coup de main pour préparer le carrousel ? »

À ces mots, Cannelle explose de joie.

Le samedi suivant, dans l'arrière-cour de la Grande Écurie, chevaux, cavaliers, ainsi que Cannelle, ses cousins et cousines, sont réunis pour la première répétition du carrousel.
La petite souris annonce le programme.

« Le carrousel est inspiré d'un roman.
Il s'intitulera : Le Carrousel des Galants Maures de Grenade. »

« Grenade ? N'est-ce pas en Espagne ? Ollléééééé !
Ça promet un spectacle haut en couleur ! »
s'exclame une des cousines de Cannelle.

« Il y aura une parade et des courses.
La grande parade, c'est comme un défilé.
Elle partira du château et se déplacera jusqu'à l'arrière de la Grande Écurie. Comme ça, tout le monde pourra admirer les beaux chevaux et les cavaliers dans leurs costumes flamboyants !
Vous êtes prêts ? Alors commençons ! »

Pour aider les chevaux à défiler en rythme, les petites souris battent la mesure avec leurs pattes. Cannelle a même récupéré une timbale et une trompette !

Pour être aux premières loges, Cannelle et sa bande sautent sur la barrière :

« Ça ressemble à un ballet ! Comme des danseurs, ces chevaux sont autant artistes que sportifs ! » précise Cannelle.

Parfait, qui ne perd pas une miette de la conversation, s'approche du groupe de souris.

« Chers amis, nous allons avoir besoin de votre aide pour nous entraîner à une course typique des carrousels : la course de tête ! »
« Hein.... Une course de tête ?!? Mais je ne peux pas faire courir ma tête ! »
« Ne t'inquiète pas, Cannelle, il s'agit simplement de toucher des têtes en papier mâché avec une lance ! Celui qui touche le plus de têtes gagne ! »

Tous les cousins et cousines de Cannelle ne sont pas trop nombreux pour former une jolie pyramide. Cannelle, perchée tout en haut, tient la tête en papier mâché à bout de pattes.

« 1, 2, 3... Tenez bon ! »

Les souris retiennent leur souffle quand le Grand Dauphin perché sur son cheval, s'élance au triple galop.

« Pourvu qu'il soit aussi doué que son père à cette course ! »

Cannelle ferme les yeux pour ne pas voir arriver la lance dans sa direction. Elle entend le bruit des sabots sur le sol qui se rapprochent et pan ! Ouf ! Le Grand Dauphin ne s'est pas trompé de tête !

Les jours suivants, remises de leurs émotions, les petites souris aident les couturiers à préparer les costumes du carrousel dessinés par Monsieur Berain. Il a déjà travaillé pour les plus grands artistes, musiciens et acteurs de théâtre du royaume. Et aujourd'hui, il va aussi habiller les chevaux.

Cannelle explique à ses cousins et cousines que les housses richement décorées que portent parfois les chevaux s'appellent des caparaçons. Nos amis les chevaux seront encore plus beaux. Allez, au travail !

Cannelle a une idée :
« Nous allons transporter toutes ces belles plumes colorées, ces rubans soyeux, ces broderies, ces tissus brillants et les mettre sur cette grande table pour que Monsieur Berain puisse choisir ce qu'il y a de plus beau et de plus riche ! Et on va commencer par porter le plus lourd, les pierres précieuses et les perles !
Allez, on retrousse les manches et tous en ligne : ho hisse, ho hisse ! » dit-elle.

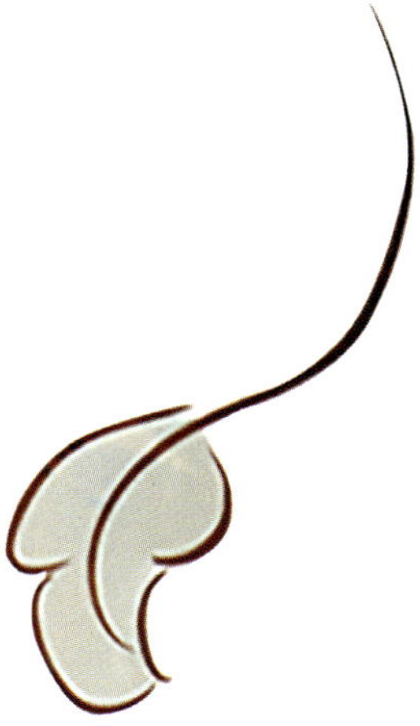

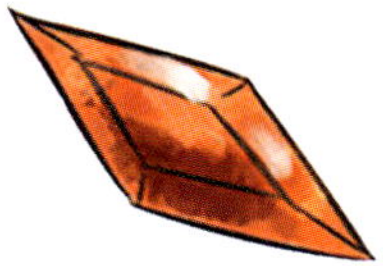

Grâce à l'aide de Cannelle et de ses cousins et cousines, Monsieur Berain trouve de l'inspiration pour dessiner d'incroyables tenues.

Le soir, quand l'atelier se vide, les petites souris restent un peu plus tard et jouent aux artistes ! Grâce aux plumes, aux rubans et aux chutes de tissus, elles se confectionnent de beaux costumes pour le carrousel.

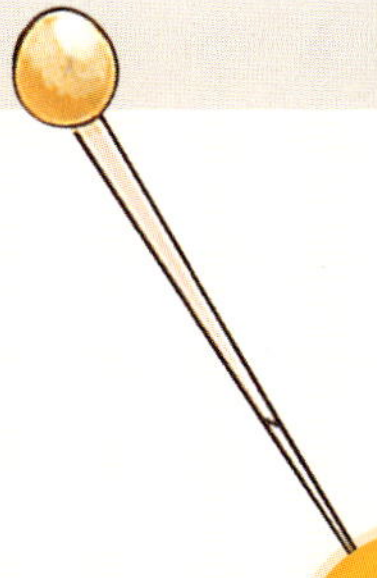

4 juin 1685. Ça y est, le grand jour est arrivé ! Tous se parent de magnifiques tenues et de majestueuses coiffes. Cannelle et sa bande sont très excitées, elles vont être les plus élégantes du royaume.

Tout Versailles est là, et le Tout-Paris aussi.

Que de monde !

Mais chut, plus un bruit : le spectacle commence ! Les trompettes et les timbales retentissent.

Les chevaux et leurs cavaliers richement parés, entourés des jeunes pages à pied, avancent tous en rythme. Cannelle a les yeux qui brillent. Elle reconnaît Glorieux, le cheval du Grand Dauphin, en tête du cortège.

Quand la musique retentit, les chevaux et leurs cavaliers s'élancent tour à tour sur la piste en effectuant des pas avec une grande précision.

Cannelle, ses cousins, ses cousines et des milliers de spectateurs ont assisté au plus beau spectacle jamais organisé à Versailles.

Le carrousel du Grand Dauphin a été absolument merveilleux, un véritable succès ! À tel point qu'une deuxième représentation a été proposée le lendemain. Le Dauphin a même décidé d'en organiser un autre l'année prochaine et devinez qui va l'aider ?

Pour en savoir plus sur les personnages et les lieux de l'histoire, lis les pages suivantes et amuse-toi bien !

MONTE À CHEVAL AVEC LOUIS DE FRANCE

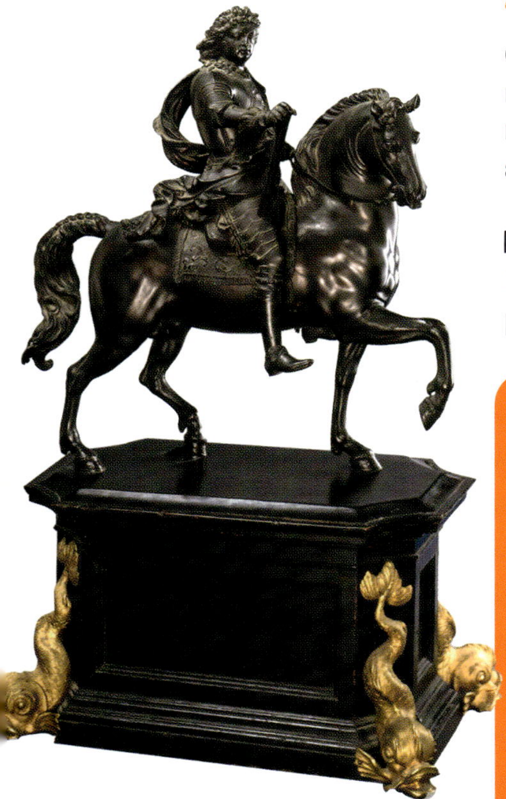

Ce cavalier très habile est Louis de France dit le Grand Dauphin. Comme de nombreux empereurs, rois et princes avant lui, il est représenté à cheval pour montrer sa puissance et son autorité. Depuis l'Antiquité, le cheval est associé au prestige des grands personnages.

POURQUOI S'APPELLE-T-IL DAUPHIN ?
Parce qu'en naissant, le premier-né des fils du roi devient prince d'une petite région de France : le Dauphiné.

CARTE D'IDENTITÉ

Nom : Louis de France, dit Monseigneur ou le Grand Dauphin
Dates : 1661-1711
Père : le roi Louis XIV
Mère : la reine Marie-Thérèse d'Autriche
Signe particulier : fils aîné de Louis XIV

Jeu

Rends à Louis de France et sa monture la bonne silhouette !

Solution : B

PRENDS TES BILLETS POUR UN GRAND CARROUSEL

Le succès du carrousel présenté dans l'histoire fut tel que le Grand Dauphin décida d'en organiser un autre l'année suivante à Versailles : Le Pompeux Carrousel des Galantes Amazones des Quatre Parties du Monde, donné dans la cour de la Grande Écurie les 28 et 29 mai 1686. Pour la première fois, les femmes participent au spectacle, costumées en Amazones, guerrières de l'Antiquité. Les costumes des cavalières et de leurs montures sont somptueux, ornés de pierreries, de plumes, de perles, de broderies d'or et d'argent.

Jeu

Arriveras-tu à repérer les Amazones au milieu des participants ?

Solution : Les Amazones sont au premier plan et tiennent une lance.

À LA RENCONTRE DES CHEVAUX DE VERSAILLES

Sans eux, pas de carrousel ni de déplacement ! Les chevaux étaient nombreux à Versailles. Ils étaient logés dans la Grande et la Petite Écurie (voir pages suivantes).
Ceux du roi et des princes étaient les plus beaux. Comme les chiens et les chats, ils recevaient des prénoms donnés en fonction de leur caractère, de leur pays d'origine ou de leur couleur. Le Grand Dauphin monte ici Glorieux, richement caparaçonné pour participer au Carrousel des Galants Maures de Grenade les 4 et 5 juin 1685.

C'EST QUOI UN CAPARAÇON ?

C'est une sorte de costume destiné à protéger le cheval. Pour les grandes occasions, les caparaçons étaient richement décorés.

IMAGINE UN CAPARAÇON POUR GLORIEUX

À TOI DE CAPARAÇONNER LE CHEVAL DU GRAND DAUPHIN !

Prends une feuille de papier, dessine ou décalque Glorieux et imagine un nouveau caparaçon.

CARTE D'IDENTITÉ

Noms : Petite et Grande Écurie
Architecte : Jules Hardouin-Mansart
Dates : 1679-1682
Pensionnaires au 18e siècle : plus de 2 000 chevaux
Emplois au 18e siècle : 1 500 hommes y travaillaient

PROMÈNE-TOI DANS LES ÉCURIES DU CHÂTEAU DE VERSAILLES

Sous le règne du roi Louis XIV, les écuries du château de Versailles éblouissaient les visiteurs tant elles étaient grandes et magnifiques. Placées face au château, elles étaient divisées en deux bâtiments identiques : la Petite et la Grande Écurie.

La Grande Écurie, dirigée par le Grand Écuyer de France, appelé Monsieur le Grand, était principalement réservée aux chevaux dressés pour la chasse et la guerre. On y trouvait les plus beaux spécimens montés par le roi et les princes. Chacune des écuries abritait un manège (le bâtiment où étaient entraînés les chevaux), des réserves, des greniers pour la paille et le foin et de nombreux logements. Les chevaux d'attelage se trouvaient dans la Petite Écurie, placée sous la responsabilité du Premier Écuyer, où étaient aussi remisées les voitures (pas celles que tu croises dans la rue aujourd'hui, mais des modèles tirés par plusieurs chevaux comme les carrosses).

Les écuries royales ressemblaient à une véritable ruche où s'activaient chaque jour des milliers de personnes. Aujourd'hui, la Grande Écurie abrite la galerie des Carrosses et la Petite, la galerie des Sculptures et des Moulages.

Jeu

Tout un personnel était nécessaire au bon fonctionnement des écuries royales. Démêle les fils pour rendre à chacun sa spécialité.

Palefrenier	fabrique les roues des carrosses
Charron	enseigne l'art de l'équitation
Sellier-bourrelier	conduit les carrosses tirés par plusieurs chevaux
Maréchal-ferrant	façonne les fers-à-cheval pour protéger les sabots des chevaux
Écuyer	nourrit et soigne les chevaux
Cocher	confectionne les selles et les harnais

CRÉDITS PHOTOGRAPHIQUES

P. 36 - *Louis de France, dit le Grand dauphin (1661-1711)* : © Château de Versailles (dist. GrandPalaisRmn) / Jean-Marc Manaï.
P. 37 - *Alexandre et Thalestris, ou Le pompeux Carrousel des Galantes Amazones des Quatre Parties du monde, donnée à Versailles dans la cour d'honneur de la Grande Écurie, les 28 et 29 mai 1686* : © Château de Versailles (dist. GrandPalaisRmn) / Christophe Fouin.
P. 38 - *Carrousel de Monseigneur le Dauphin fait à Versailles le 1 et 2 juin 1685* : © GrandPalaisRmn (Château de Versailles) / Franck Raux.
P. 39 - *Caparaçon du cheval de parade « Le Glorieux »* : © GrandPalaisRmn (musée du Louvre) / Thierry Le Mage.
P. 40 - Vue de la Grande Écurie du château de Versailles : © Château de Versailles (dist. GrandPalaisRmn) / Thomas Garnier.

ÉTABLISSEMENT PUBLIC DU CHÂTEAU, DU MUSÉE ET DU DOMAINE NATIONAL DE VERSAILLES

Service des éditions
Chef du service des éditions : Jean-Vincent Bacquart
Responsable d'édition : Anne Carasso
Assistante d'édition : Eve Renard

ÉDITIONS FATON

Direction du service livres : Jeanne Faton
Responsable d'édition : Julie Gérard
Conception graphique et mise en page : Sébastien Lafond
Traitement de l'image : Pierre-Jean Jouve
Rédaction et correction : Maryse Desgrange

Remerciements à Hélène Delalex, conservatrice du patrimoine au musée national des châteaux de Versailles et de Trianon.

Cet ouvrage a été imprimé et relié au cours du 4e trimestre 2024 par Meilleures-Impressions - Plérin, France.
Loi n°49-956 du 16 juillet 1949 sur les publications destinées à la jeunesse.

Dépôt légal : octobre 2024

25, rue Berbisey - 21000 Dijon
Tél. 03 80 40 41 21
www.faton.fr - infos@faton.fr
ISBN 978-2-37635-052-1